MW01114850

EL BARCO DE VAPOR

La pulga
Rusika

Mariasun Landa

Ilustraciones: Asun Balzola

sm Joaquín Turina, 39 28044 Madrid

Primera edición: julio 1993
Segunda edición: enero 1996
Tercera edición: septiembre 2000

Dirección editorial: M.ª Jesús Gil Iglesias
Colección dirigida por Marinella Terzi
Traducción del euskera: Mariasun Landa

Título original: *Errusika*
Ilustraciones de Asun Balzola

© del texto: Mariasun Landa, 1992
© de las ilustraciones: Asun Balzola, 1993
© Ediciones SM, 1993
   Joaquín Turina, 39 - 28044 Madrid

Comercializa CESMA, SA - Aguacate, 43 - 28044 Madrid

ISBN: 84-348-7325-7
Depósito legal: M-30036-2000
Preimpresión: Grafilia, SL
Impreso en España / *Printed in Spain*
Orymu, SA - Ruiz de Alda, 1 - Pinto (Madrid)

1 No hay tiempo que perder

LAS pulgas son un caso: nada más nacer, ya empiezan a hacer preguntas.

—¿Cuánto tiempo viviré, padres queridos?

Aquella pulguita era aparentemente como todas las demás, pero su pregunta resultó ser muy chocante e inesperada, ya que su madre tardó un rato en contestarle:

—¡Ay, cariño, qué cosas tienes!... Las pulgas corrientes y vulgares como nosotras vivimos unas dos semanas, aunque no estoy muy segura. ¡Pero no te preocupes! Dos semanas son más que suficientes para aburrirse de la vida!

—¿Aburrirse de la vida? ¡Eso ya lo veremos! —respondió la pulga recién nacida, que además de hacer preguntas inesperadas parecía algo descarada—. Está visto que no tengo tiempo que perder...

—¡Vaya, qué prisa tienes! Ya veo que enseguida te has dado cuenta de que en esta vida cada cual tiene que arreglárselas como pueda! —la interrumpió su padre—. En nuestro caso, lo normal suele ser vivir a costa de los demás, es decir, ser un parásito. ¿Me comprendes, hijita?

No. Aquello de ser parásito no acababa de entenderlo...

—Cariño, tu padre quiere decir que, para vivir lo mejor posible el tiempo que pases en este mundo, tienes que encontrar, cuanto antes, un pacífico y sabroso compañero —añadió su madre con ternura.

—¿Y dónde encuentro yo...?

—De momento, nosotros ya te hemos buscado un contacto muy adecuado —interrumpió su padre rápidamente—. Un perro callejero, sucio pero bueno, con gran experiencia y un carácter excepcional. ¡Una verdadera joya, teniendo en cuenta la crisis actual!

—¡Un perro! ¡Qué bien! ¿Y dónde está? —por lo visto, la propuesta le había encantado a la pequeña pulga.

—¡Míralo, está ahí! —exclamó su madre—. ¿No ves a ese perro que husmea en la basura de la esquina?

—Sí...

—Es Karuso, un gran amigo nuestro. Con él vivirás estupendamente.

—¿Y por qué se llama así?

—Porque se pasa el día ladrando, perdón, cantando... Todos los vecinos están hartos de sus ladridos, pero él dice que está haciendo ejercicios de voz... Por eso lo llamamos Karuso.

—Enrico Caruso, hija mía, fue un famoso cantante de ópera italiano —puntualizó el padre, como si quisiera transmitir a su hija toda la sabiduría que había adquirido en la vida.

—¡No está mal! ¡Me gusta el nombre de Karuso!

Las pulgas, además de ser unas preguntonas, tienen fama de ser muy inquietas, así que aquella recién nacida estaba deseando tomar las riendas de su propia vida:

—Si no tenéis nada más, padres queridos, creo que ha llegado la hora de dar mi primer salto. ¡Me voy a estrenar la vida!

—¡Cuídate mucho! —le dijo la madre.

—¡Pórtate bien! —añadió el padre.

Y la pulga recién nacida dio su primer salto hacia la vida, con decisión, casi con prisa...

2 *Karuso, un artista incomprendido*

Tal y como habían previsto sus padres, aquel bichito encontró en Karuso un tranquilo lugar y abundante comida.

Desde el primer momento se cayeron bien, sintieron eso tan difícil de precisar que se llama simpatía. Y poco a poco, a paso de perro, la pequeña pulga fue descubriendo cosas de la vida.

—¡Cuántas casas! ¡Cuántos coches! ¿Y dónde están los hombres y las mujeres y los niños?

Quizá debido a la vena artística de aquel perro, el primer hombre que se encontraron fue un mendigo que tocaba el violín.

—¡Mira, pulguita! —le dijo Karuso—. Esto que ves es un hombre tocando el violín, y lo que estás oyendo se llama música, la cosa más maravillosa que tienen los humanos. ¿Ya te han dicho que yo canto muy bien?

—Sí, eso me han dicho...

—Pero, por desgracia, pocos entienden lo que yo quiero expresar...

Y Karuso empezó a ladrar con toda su fuerza.

El mendigo que tocaba el violín le lanzó una piedra, y Karuso retrocedió asustado:

—¿Ya lo ves? ¿Te das cuenta?

La pulguita estaba alelada y tardó en reaccionar:

—¡Sí, Karuso, nadie te comprende! Pero tienes razón... ¡Esta música es maravillosa! ¡Hasta me dan ganas de bailar...!

—¡Quieta ahí, insensata! ¡Ni se te ocurra mencionarlo! He conocido miles de pulgas que han querido ser bailarinas... ¡Y todas han acabado fatal! ¡Han perdido la vida en ese loco empeño!

—Pues a mí, Karuso, esta música me hace brincar, me marea, me emociona... Karuso, ¡creo que quiero ser bailarina!

—¡Calla, calla, locuela...! La música está bien para oírla de lejos, guardarla en el corazón y recordarla a media noche. Por lo demás, es muy peligrosa. ¡Emborracha más que el vino!

—¡Oh, Karuso! ¡Mira cómo me muevo! Estos movimientos son como olas, me salen del corazón... ¡Karuso, creo que he nacido para ser artista!

Aquella pulga estaba presa de una gran excitación.

—¡Qué infeliz! ¡Qué ingenua eres, pulguita! ¡Confundes los saltos con la danza! ¡Cállate y da gracias por haber encontrado un compañero como yo en la vida! Las cosas no están nada fáciles, ¿sabes? Ni para los perros ni para las pulgas, ni para nadie, ¡créeme!

Y Karuso se apartó del mendigo para alejar a la pequeña pulga de la tentación.

Pero la tenacidad de las pulgas es bien conocida, así que todo fue inútil: ya no había en el mundo quien le quitara de la cabeza a aquella pulga la idea de ser bailarina.

3 Rusika Pulgova

Aquel día ocurrió otro acontecimiento que tendría gran importancia en la vida de la pulga: la visita del mosquito Zizt-Zizt...

—¡Buenos días, Karuso!

—¡Largo de aquí, pelmazo!

—¿Y quién es esta pulga tan bonita? Ella se puso muy contenta:

—¡Hola! ¿Sabes? Acabo de nacer y, prácticamente, ¡ya soy bailarina! —dijo la pulga, sin el más mínimo asomo de vergüenza.

Instintivamente, la pulga se hacía

autopropaganda, como corresponde a todo aquel que quiere llegar a ser famoso.

—Pero ¿qué dices? ¿Bailarina tú, preciosa?... Pues yo vengo de Rusia y allí todas las pulgas son bailarinas. ¡Aquél sí que es el paraíso de la danza!

—¡Calla, mosquito falso y embustero! —Karuso empezó a ladrarle al viejo mosquito que parecía haber viajado tanto y saber tanto de la vida.

La pulga, en cambio, escuchaba mientras su corazón empezaba a dar saltos frenéticos.

—¿Ah, sí? ¿Has dicho Rusia? ¿Y dónde está esa calle?

—¡Oh, Rusia es un millón de veces mayor que una calle! ¿Qué digo? ¡Es un lugar casi tan ancho como el mar! ¡Inmenso como el cielo! ¡Créeme, allí hay sitio para todas las pulgas bailarinas del mundo!

—¡Que te calles, mentiroso! ¡Déjanos

en paz, farsante! —la paciencia de Karuso estaba empezando a agotarse.

—¿Ya has pensado qué nombre artístico vas a adoptar? —prosiguió Zitz-Zitz sin hacer caso de los ladridos del buen perro.

—¿Un nombre artístico? ¡Ni se me había pasado por la cabeza!

—Un nombre bello, pomposo y rimbombante... ¡Pero si es lo primero que necesitas para ser famosa en Rusia!

—¡Maldito mosquito! ¿Quieres callarte de una vez?

Karuso veía preocupado cómo el mosquito estaba calentándole los cascos a la pulguita.

—¡Déjame que lo piense! Por ejemplo... RUSIKA PULGOVA. ¿Qué te parece ese nombre? —propuso enseguida Zitz-Zitz.

—¡RUSIKA PULGOVA! ¡Qué nombre más maravilloso!...

—¡Largo de aquí, entrometido! ¡Mosquito loco y fanfarrón! ¡Vete a freír buñuelos inmediatamente!

Y Karuso empezó a ladrar como un loco.

Zizt-Zizt tuvo que marcharse de allí lo más rápidamente posible para no sufrir las consecuencias de la ira de aquel perro.

—¡Adiós, Rusika! ¡Que tengas mucha suerte, artista! —gritó Zizt-Zizt, dejando tras de sí el eco de un largo zumbido.

A pesar de todo, el enfado de Karuso no sirvió de nada. La pequeña Rusika estaba empeñada en dar el *Gran Salto* y no parecía que alguien fuera a hacerle desistir de ello:

—¡Debo partir, Karuso! ¡Déjame darle una oportunidad a mi vocación!

—¡Ni hablar!

—¡Déjame intentarlo, aunque me vaya en ello la vida!

—¡Ni lo sueñes!

Pero en aquel momento pasaron frente a un espejo que había en un escaparate, y Karuso no pudo por menos de abrir la boca de admiración:

—¡Oh, querida! ¡Qué bien bailas! ¿Será verdad que has nacido para ser una artista?

Rusika bailaba en la cabeza de Karuso y sus movimientos eran tan delicados, finos y ágiles, que los ojos del buen perro se empañaron de emoción.

De repente, la pulga interrumpió su danza:

—¿Lo ves, Karuso? ¿Te convences ahora de que lo hago muy bien? ¡Tienes que ayudarme a llegar a Rusia!

—¡No! ¡No! Además, ¿qué pensarían tus padres?

—No sé qué tienen que ver mis padres con esto... Ellos tienen su vida y yo la mía, ¿no?

—Pero Rusia está muy lejos...

—Si un mosquito es capaz de ir y volver, yo no voy a ser menos, Karuso. ¡Compréndelo!

—Según me han dicho, en Rusia hace mucho frío...

—¡A mí qué me importa el frío! ¡Ya me calentaré bailando!

Todo fue inútil. Por más que Karuso se empeñó en hacerle desistir de aquella idea a su pupila, ella siempre encontraba respuesta para todo. Realmente, la obstinación de la pulga le resultaba inquietante. Por eso, decidido a intentarlo todo, procuró tocar un poco el corazón de la bailarina:

—¿Y no te da pena dejar a este viejo perro completamente solo, Rusika?

Ella no respondió inmediatamente, y Karuso pensó por un momento que había dado en la diana.

—Mira, Karuso, hasta ahora creía que

eras mi mejor amigo, lo más importante que tenía en la vida, pero ahora no sé qué pensar... ¡Si realmente me quisieras, no me harías un chantaje sentimental como el que me estás haciendo!

La respuesta de Rusika dejó boquiabierto al perro.

«¡Demontre con la mocosa esta! ¡Qué pulga más descarada!», pensó Karuso, pero en su fuero interno admiró la insolencia y el valor de aquel bichito.

—Conque chantaje sentimental, ¿eh? ¡De acuerdo, desconsiderada! Lo he intentado todo. Ya que quieres mi ayuda para ir a Rusia... ¡pues la tendrás!

—¡Oh, Karuso querido!

Su alegría era tal, que las palabras le fallaron a la melosa pulga.

4 *El salto a la fama comienza en una estación*

Así fue como Rusika se dispuso a dar el *Gran Salto*.

La verdad es que, si bien su experiencia vital era la de unas cuantas horas, su vida había sido más intensa que la de cualquiera: nacer, independizarse de los padres y, sobre todo, conocer ya lo que es tener una gran pasión... ¡Vaya balance de un solo día!

—¡Adiós, Karuso! ¡Cuando sea famosa volveré y, entonces, nadie podrá separarnos!

Después de aquella patética frase, la

pulga dio un salto a tierra, mientras los maliciosos ojillos de Karuso la observaban de cerca.

—Pero ¿cómo quieres llegar así a Rusia, tontita? —Karuso parecía divertido observando los saltos que daba la pulga en el suelo—. ¡Bobalicona! ¡Así no llegarás más que al Ayuntamiento del pueblo!

—Entonces, ¿qué debo hacer? —preguntó Rusika, que se encontraba ya agotada.

—¡Tienes que utilizar los recursos adecuados, pequeña! ¡Los re-cur-sos!

—¿Y qué es eso?

—¡Vamos a ver! ¿Crees tú que en esta vida se puede lograr lo que se quiere sin la ayuda de alguien o de algo? ¡Tendrás que servirte de los recursos!

—¡Oh, Karuso! Ya veo que además de buen cantante eres muy sabio, pero yo...

—¡Me explicaré...! Los peces se sirven del mar y sus movimientos para desplazarse, ¿no? Y las aves, del viento; y otros seres utilizan a los demás para conseguir lo que quieren sin cansarse, ¿entiendes?

—¿A eso se le llama utilizar los recursos?

—¡Eso es! Es decir, que tienes que encontrar a alguien que haga el esfuerzo y se canse, mientras que tú vives a su costa y te desplazas con toda tranquilidad... Pero, bueno, ¡yo creía que las pulgas erais licenciadas en este tema!

Rusika se sintió un poco dolida ante aquel comentario.

—Eso nos enseñaron para ganar la comida de cada día, ¡no para viajar!

—¡Bueno, bueno, sube de nuevo! Tenemos que encontrar a alguien que te lleve, eso es todo.

Karuso no añadió nada más y se dirigió derecho hacia la estación. Se metió por una puerta accesoria y se plantó en medio del andén.

—Aquí tienes los recursos más adecuados para ir a Rusia —le dijo a Rusika la mar de orgulloso—. Por una parte, los trenes; por otra parte, los viajeros...

—¡Oh, la estación! ¡Qué listo eres, Karuso! —la pulga miraba con admiración al sabio perro.

—Ahora tenemos que encontrar un tren que vaya a París.

—¿A París? ¡Pero si yo lo que quiero es ir a Rusia!

—¡Sí! Pero, para eso, primero tienes que ir a París y luego a Rotterdam, y una vez pasada Rotterdam... Bueno... ¡Rusia no andará muy lejos!

—París... Rotterdam... París... Rotterdam... —Rusika repetía aquellos nombres nuevos para memorizarlos bien.

—¡Mira, ahí está el tren que va a París! Ahora no falta más que observar a los pasajeros que se suban a él, escoger el adecuado y... ¡saltar encima!

—¡Ah, ya! Dar con el recurso más apropiado para llegar a París, ¿no? —puntualizó Rusika.

—¡Exacto! ¡Ya veo que has aprendido enseguida!

—¿Qué te parece ese hombre de pantalón corto y un salacot en la cabeza?

—¿Ése? No creo que vaya a Rusia... ¡Ése va a África a cazar elefantes!

—¿Y esa chica de moño que va tan deprisa?

—No lleva maleta, luego no creo que vaya muy lejos...

—¿Y ese barbudo que lleva tantos trastos?

—No lleva abrigo, y no olvides que en Rusia hace muchísimo frío. ¡Mira! ¿Quizá ese joven?

El chico al que aludía Karuso llevaba dos abrigos y dos gorros: uno de lana, de esos que utilizan los esquiadores, y encima otro sombrero de fieltro negro. De una mano le colgaban cuatro grandes paquetes, de la otra una enorme maleta, y en la espalda llevaba una mochila repleta hasta los topes.

—¡Éste tiene pinta de ir muy lejos! ¡Ésta es tu oportunidad, pulguita! ¡Rápido! ¡Ahora o nunca!

—Karuso...

—¡Venga, venga! ¡No empieces ahora con despedidas!

Y así fue como Rusika dio el salto más importante de su corta vida, aquel que ella creía que la llevaría a la fama.

Se protegió en el cuello del joven aferrándose firmemente a su nuevo compañero...

—¡Adiós, Karuso, adiós!

Karuso, el perro barítono, empezó a

entonar la famosa canción rusa *Kalinka, kakalinka, kakalinka...* con todo su sentimiento, arrancando lágrimas de emoción a la pulguita.

—¡Adiós, amigo mío! ¡Adiós, Karuso!

Por desgracia, el cargado joven no sabía que aquel perro que ladraba tanto era un artista incomprendido y frustró el lirismo de aquella despedida arreándole unas cuantas patadas al pobre Karuso.

5 Tres hombres muy serios y un caradura

Lo primero que hizo aquel extraño joven fue meterse en el retrete del tren. Él, su equipaje, sus gorros y paquetes se bamboleaban dentro de un retrete estrecho y maloliente.

Rusika, que todavía no sabía muy bien lo que era un tren, estaba asombrada con el comportamiento de aquel chico. Ella sabía, porque se lo había dicho el perro Karuso, que su destino era París y que París era la capital de Francia. Y que luego tendría que llegar a Rotterdam y, una vez allí, Rusia estaría muy cerca... Pero si todo el tiempo debía pasarlo en un retrete, ¿cómo iba a saber si estaba en París o en Pulgolandia? Además, aquel tipo no hacía más que fumar y Rusika empezaba a encontrarse algo mareada.

Al poco tiempo, comenzaron a tocar a la puerta. El joven se puso nervioso y siguió fumando un cigarro tras otro, sin decidirse a abrirla.

—¡Rusika, creo que no has elegido el mejor de los «recursos»! —se dijo la pulguita para sus adentros.

Fuera del retrete seguían golpeando la puerta. Y cuando ésta, al fin, se abrió, tres hombres muy serios rodearon al viajero. Uno le pidió los documentos; otro, el pasaporte, y el tercero, el billete del tren... Por desgracia, aquel joven que tenía tantas cosas no tenía, sin embargo, nada de lo que le pedían en aquel momento.

Rusika consideró que había llegado la hora de cambiar de recurso y se preparó para saltar sobre alguno de aquellos hombres. Pero ¿sobre cuál de ellos? Los tres estaban uniformados. Los tres tenían una elegante y vistosa gorra. Los tres tenían la misma cara seria y circunspecta.

Pero como Rusika era una pulga perspicaz, enseguida se dio cuenta de que en la chaqueta de uno de ellos estaba la palabra FRANCE bordada. ¡Francia! Sin pensarlo más, saltó sobre él.

No pudo elegir mejor, ya que aquel señor elegante y serio no era ni más ni menos que quien controlaba los billetes de los pasajeros:

—¡Muchas gracias! ¡Buen viaje hasta Burdeos!

—¡Muchas gracias! ¡Buen viaje a Poitiers!

—¡Muchas gracias! ¡Buen viaje hasta París!

Oír la palabra París y saltar sobre una mujer enjoyada y elegante fue todo uno. ¡Vaya suerte la suya! A Rusika le entraron ganas de bailar de alegría, pero todo lo que había visto y aprendido aquel día la obligó a andar con cuidado.

De todas formas, aquella parisiense parecía una mujer muy tranquila: mostró su billete, cerró los ojos y reclinó la cabeza hacia atrás con intención de echarse un sueñecito.

Así pues, Rusika se tranquilizó y dio rienda suelta a sus sueños: iba rumbo al paraíso de la danza, la vida era maravillosa y ella era, sin ninguna duda, la pulga más feliz del mundo. Analizó aquel primer día de su existencia, y el balance no le pareció nada malo... Y se durmió plácidamente.

6 *París y una peluca rubia*

Cuando Rusika se despertó, se encontró con que estaba en un taxi. Se atrevió a asomarse por el escote de aquella mujer perfumada y bella: las amplias calles, los veloces coches, los autobuses y la gente corriendo de un lado para otro... «¿Será esto París», se preguntaba la pulga.

—¡*Madame*, ya hemos llegado!

Aquella mujer sacó dinero de su bolso y pagó al chófer. Abrió la puerta del taxi y dirigió una mirada airada al cielo gris.

—¡Dígame, por favor! ¿Ha llovido

estos días en París? —le preguntó al chófer.

—¡Sí, *Madame*! Ya sabe usted... ¡Aquí siempre igual!

¡París! Cuando Rusika oyó aquella palabra mágica, empezó a saltar de alegría. Pronto se dio cuenta de que la señora se mostraba algo nerviosa y Rusika tuvo que frenar su entusiasmo y quedarse quieta. Además, se dirigían a la casa de aquella *Madame* y Rusika se moría de curiosidad.

Lo primero que hizo aquella parisiense fue darse un buen baño. El cuarto de aseo era amplio y brillante, lleno de detalles preciosos y con un espejo tan grande como una pared. Pero Rusika no tuvo tiempo de admirar aquella belleza. La señora, nada más abrir los grifos de la bañera, empezó a desnudarse.

«¡Ay, mi madre! ¿Y qué hago yo ahora?», pensó Rusika.

Y sin pensarlo dos veces, con la lucidez que proporciona el peligro, ejecutó un rápido salto. ¿Adónde? ¡A la peluca que se encontraba sobre el tocador!

Tuvo suerte de que aquella mujer no se percatara de nada, y Rusika, desde aquel montón de pelo rubio y ondulado, se quedó esperando los acontecimientos.

Empezó a sentirse un vulgar piojo, y eso no le gustó nada porque, como es sabido, pulgas y piojos no se llevan nada bien. Es algo que pasa en todas las familias. ¿Habría algún asqueroso piojo en aquella peluca?

Pero antes de que emprendiera sus investigaciones, una fría y aguda voz cortó de raíz sus cavilaciones:

—¡Alto ahí, pulga desvergonzada!

Rusika se quedó de piedra al encontrarse, frente a frente, con otra pulga negra, gorda y vieja.

—He visto cómo saltabas desde la señora hasta aquí. ¿Quién eres tú y qué haces en esta casa?

Rusika sintió un gran alivio:

—¡Oh, menos mal que eres una pulga! Por un momento me habías parecido un asqueroso piojo, e imagínate... ¡No me hacía ninguna gracia!

Pero la otra pulga no le permitió seguir hablando a Rusika. Le importaba un comino el parentesco, y lo único que quería dejar en claro era que, primero, ella era la única pulga de aquella casa y, segundo, no permitiría que nadie le hiciese la competencia...

—¡Silencio! Yo soy la única pulga de esta casa, y dime enseguida qué diablos haces tú aquí.

Aquella pulga no estaba para bromas, estaba claro.

—Soy Rusika, casi una recién nacida... —le respondió la pulguita acoquinada.

—¡Pues para ser tan jovencita como dices, no saltas nada mal! ¡Dime la verdad! ¡Si no, te despediré sin contemplaciones!

—¡Sí, sí, te diré la verdad, la pura verdad! Ayer comencé el viaje que ha de llevarme a Rusia, porque quiero ser artista y allí...

—¿Artista? ¿Y qué es eso?

—Quiero ser bailarina y, según me han dicho, en Rusia todas las pulgas lo son y allí está la única posibilidad de hacer carrera...

—¿Dices que quieres llegar a Rusia? ¡Juá! ¡Juá!

Reír es siempre algo bastante delicado para todos, pero mucho más para las pulgas. Por lo visto, la forma de reírse que tienen ellas, además de ser algo fea, es bastante arriesgada. Cuando les entran las ganas de reír, se ponen a dar saltos frenéticos y pierden todo el control.

—¡Juá! ¡Juá! ¡Juá! ¡Calla! ¡A Rusia! ¡Juá! ¡Juá! ¡Juá! ¡Ay, di algo triste! ¡Juá! ¡Juá! ¡Juá! ¡Algo triste para que deje de reír! ¡Juá! ¡Juá! ¡Juá! ¡Bailarina! ¡Juá! ¡Juá! ¡Juá! ¡Di algo triste, por favor! ¡Si no, voy a explotar de risa!

Rusika se asustó de los frenéticos saltos de su compañera de peluca.

—¿Que diga algo triste?

—¡Sí! ¡Algo muy triste! ¡Juá! ¡Juá! ¡Juá!

Rusika se puso muy nerviosa; quería recordar algo triste y no podía hacerlo.

—¡He dejado solo al perro Karuso!

—¡Juá! ¡Juá! ¡Juá! ¡El perro Karuso! Otro artista, ¿no? ¡Juá! ¡Juá! ¡Juá!

Como no obtenía los resultados deseados, la espabilada pulguita pensó que tendría que decir algo mucho más triste, lo más triste que conocía.

—¡Quizá no llegue nunca a Rusia! ¡Quizá no llegue a ser nunca bailarina!

Y si esto último arrancaba lágrimas a Rusika, en aquella vieja pulga tuvo el efecto contrario: casi se desternilla de risa...

—¡Ay! ¡Ay! ¡Que me muero de risa! ¡Juá! ¡Juá! ¡Juá! ¡Dice que quiere ser bailarina!

Rusika sintió dentro de sí una inmensa rabia. ¡Aquella gorda, cascarrabias y cruel pulga! ¿Por qué le tomaba el pelo de tal forma? Ya empezaba a hartarse.

—¡Calla, vieja y astuta pulgaza! ¡No he conocido en mi vida una pulga más gorda y cruel que tú!

Esto, sorprendentemente, tuvo un inesperado resultado. Aquella pulga se inmovilizó de improviso. Extenuada y sudorosa, se quedó mirando a Rusika:

—¡Muchas gracias! ¡Has cortado de repente mi ataque de risa! ¡Hacía tiempo que no me atacaba tan fuerte!

De nuevo reinó la calma entre ellas.

—Pero dime, entonces: ¿qué piensas hacer?

—Pues, como te iba diciendo, no tengo intenciones de quedarme en este cuarto de baño. ¡Estate tranquila! —le aseguró Rusika—. Dime: ¿qué debo hacer para tomar el camino de Rotterdam?

—Pero ¿te das cuenta de la locura que vas a hacer? ¿Lo has pensado bien? ¿Has medido todas las consecuencias?

—Sí.

—¡Estas jovencitas! He conocido un par de pulgajas tan fantasiosas como tú, y todas han acabado mal. ¿No sería mejor que encontrases una casa confortable y tranquila como la mía? ¡Nuestra vida es tan corta...!

—¡Por eso mismo! ¡Tengo que aprovecharla bien!

Enseguida, la veterana pulga se dio cuenta de que no tenía nada que hacer con Rusika. Suspiró un par de veces y, con gesto prudente, le dijo:

—Mira: ahora, esta señora, cuando acabe la ceremonia del baño, despertará a su hijo Michel. Y éste saldrá a la calle porque tiene que ir a la escuela. ¡Puedes salir de la casa con él!

—¡Gracias! ¿Y tú?

—¿Yo? Yo no me movería de aquí ni aunque...

No tuvo tiempo de terminar la frase porque, en aquel momento, *Madame* había salido de la bañera y estaba poniéndose una bata azul.

—¡Rápido, Rusika!

Y Rusika saltó de nuevo sobre *Madame*, aquel «recurso» pulcro y perfumado.

7 Rusia está demasiado lejos

¡MICHEL! ¡Despierta, cariño!

El niño abrió los ojos y se sentó de un salto entre las sábanas.

—¡Mamá! ¿Has llegado ahora? ¿Me has traído algún regalo?

—¡Bueno! ¡Bueno!... ¿Y no me das un beso?

El niño le dio a su madre un par de besos con desgana.

—¿Me has traído el velero?

—¡Sí... sí...! Pero dime: ¿qué tal en el colegio?

No obtuvo respuesta porque el niño, con los pies descalzos, se había dirigido hacia el cuarto donde estaban las maletas.

Rusika observaba la escena desde el escote de aquella señora y el tal Michel no le infundía mucha seguridad, le parecía bastante egoísta.

—¡Mamá! ¿Dónde has metido el velero? —el niño abrió las maletas, y hurgaba en su interior.

—¡Espera! ¡Espera! ¡Yo te diré dónde está! Pero antes dime: ¿te has portado bien?

El niño no respondió, sólo quería encontrar aquel nuevo regalo.

—¡Mamá! ¿Dónde está el velero?

La señora sacó de la bolsa un paquete grande y primoroso.

—¡Toma! ¡Y no empieces ahora a jugar con él porque tienes que ir al colegio!

El niño tardó menos de lo que canta un gallo en abrir aquel regalo.

—¡Jo, qué velero más bonito! ¡Se lo enseñaré a Jean! —y Michel se dirigió a su cuarto llevando bajo el brazo el nuevo juguete.

—¡Date prisa, Michel! ¡Son las nueve menos cuarto! ¡Vas a llegar tarde al colegio otra vez!

¿Y Rusika?

La pulga había visto y oído todo. ¿Qué hacer? ¿Qué camino tomar? ¿El de *Madame* o el del niño?

Mientras Rusika estaba inmersa en estas dudas, apareció Michel, limpio y preparado para ir a la escuela, con un velero bajo el brazo y una cartera de libros en la mano.

—¡Adiós, mamá!

Y le dio un presuroso beso a su madre. Rusika aprovechó aquel instante para saltar de una generación a otra, es decir, de *Madame* a Michel, porque en la vida hay que elegir constantemente,

como muy bien estaba aprendiendo la buena pulguita.

Michel bajó las escaleras saltando. Corrió por la calle, se precipitó al primer autobús que pasaba y, al final, cuando se sentó en su pupitre, la pulguita que él había transportado como huésped sin saberlo se encontraba medio atontada.

«Creo que has tomado el camino más turbulento, Rusika», se dijo a sí misma la mareada pulguita.

Sin embargo, el resto de la mañana fue muy tranquilo. Michel permaneció sentado y quieto todo el tiempo. No sólo en las horas de clase, sino también en el recreo, que dedicó a enseñar su velero a un montón de compañeros. Esto tranquilizaba a Rusika porque sabía que, mientras observasen el velero, sería muy difícil que nadie se percatase de su existencia y la pusiera en aprietos.

Hacia el mediodía, cuando era ya casi la hora de volver a casa, el maestro empezó a preguntar a Michel. Éste tuvo que levantarse y acercarse hacia un mapa que estaba colgado en la pared.

Rusika se encaminó por el brazo hasta situarse en la punta de la manga del jersey de Michel, buscando un lugar estratégico donde observar sin ser vista.

—¿Polonia?

—¿Alemania?

—¿Albania?

El profesor iba diciendo aquellos nombres, y Michel los iba señalando en el mapa...

—¿Rusia?

El corazón de Rusika dio un salto y quedó pendiente del territorio que Michel señalaba en el mapa. El tamaño de la mancha amarilla que señalaba Michel era mucho mayor que el de las anteriores y esto la desanimó totalmente. La extensión de Rusia le parecía enorme, mayor que la de mil pulgas juntas, más grande que el mismo Karuso, y parecía que estaba lejos..., muy lejos...

Por primera vez, Rusika conoció lo que es el desánimo.

Cerró los ojillos y se encogió acobardada en la manga del jersey de Michel. ¿Conseguiría llegar alguna vez a Rusia?

8 *Arriesgarse*

PERO la esperanza es tan saltarina como una pulga y, cuando menos se espera, se despierta ... ¡y empieza de nuevo a brincar!

Después de salir del colegio, Michel y su amigo Jean no volvieron directamente a casa. Se dirigieron rápidamente hacia las orillas del Sena, sujetaron el velero con un hilo muy fino y lo echaron al agua. En aquel momento, una barcaza pesada y sin vela pasaba por el río y, al ver a los dos niños sentados en la orilla, uno de los tripulantes los saludó con la mano.

—¡Apuesto a que esa barcaza va a Rouen! —dijo Michel.

—¿A Rouen? ¡Mucho más lejos! ¡Estas barcazas llegan por lo menos a Le Havre!

—¡Sí, ya...! ¿Y cómo lo sabes?

—Porque el Sena desemboca allí. En el puerto de Le Havre están los barcos más grandes del mundo.

—¡Qué va! —le respondió Michel—. ¡Es en Rotterdam donde están los buques más grandes!

Rusika, al escuchar el nombre mágico de Rotterdam, se puso en guardia. La esperanza que dormía en ella se despertó y empezó a bailar: ¡quizá!, ¡tal vez!, ¡si pudiera llegar a aquella barcaza! Ésta se iba acercando cada vez más. Los niños empezaron a agitar sus brazos respondiendo a los saludos del hombre que iba en ella. Rusika pensó que debía hacer algo, y además debía hacerlo enseguida...

Movida por la urgencia de la situación, el hilo conductor de su pensamiento saltó de Michel al velero y del velero a la barcaza... ¡Si pudiera llegar al velero de Michel! Pero para ello debía ejecutar un salto casi imposible. ¿Tendría la suficiente fuerza? ¿Tomaría el impulso necesario?

Cualquier momento es bueno para empezar a filosofar, así que Rusika no pudo evitar hacerlo: «¿Merece la pena arriesgarse en esta vida? Ésta era la pregunta que se hacía la pulguita en aquellos críticos momentos. ¿Qué otras salidas tenía? ¿Vivir siempre con Michel? ¿Decir adiós a sus sueños, a su deseo de ser bailarina?

—¡Ay!... —Michel se llevó la mano al cuello—. ¡Ay!, ¿qué ha sido este picotazo?

—¡Cuidado, que se ha soltado el velero! —gritó Jean.

Pero ya era demasiado tarde. Aquel pequeño velero se balanceaba a sus anchas en el agua, y dentro de él Rusika, que yacía con las patas extendidas, aplastada contra el suelo, aterrada... ¡Había dado el mayor salto de pulga del mundo!

«¿Y ahora qué? ¿Me recogerá el hombre de la barcaza?», pensó Rusika sin atreverse a moverse.

No pudo seguir haciendo conjeturas porque empezó a encontrarse francamente mal: el velero, arrastrado por el agua, se movía de un lado para otro como si fuera la cáscara de una nuez. Las pulgas no están hechas para esos trances. Y Rusika se sentía extenuada.

Si Rusika no hubiera estado tan mareada, habría podido darse cuenta de que el velero se había ido acercando a la barcaza, de que el tripulante lo rescataba del agua y devolvía a Michel y a Jean unos gestos que querían decir: «¡Qué le vamos a hacer! ¡Ahora vuestro juguete es mío! ¡El barco no puede dar marcha atrás por cualquier tontería!...».

Pero Rusika no se dio cuenta de nada de esto. ¡Bastantes problemas tenía la pobre! Cuando se le pasó el mareo, todo estaba más quieto a su alrededor y el hombre la miraba.

Rusika se llevó un susto de muerte, pero el interés de aquel tipo no iba dirigido a ella, sino al velero. «¡Menos mal!», pensó Rusika, y, dando un saltito, se escondió en el bolsillo de la camisa de aquel hombre, feliz y contenta de hallarse con vida después de tantas aventuras.

9 *Gordon no tiene prisa,*
   pero después sí que la tiene

Las pulgas también duermen, y Rusika cayó rendida de sueño. Cuando se despertó, vio cómo pasaban ante sus ojos los árboles, las casas... y, debido al dulce y rítmico movimiento del barco, se adormeció de nuevo.

No había hecho más que empezar a soñar cuando una voz crispada la sobresaltó:

—¡Gordon! ¿No tenemos que llegar mañana a Rotterdam? ¡A esta marcha vamos a comer aquí el turrón de Navidad! —el compañero de Rusika se dirigía al marinero corpulento y barbudo que pilotaba el barco.

—¡Oye, mequetrefe, tranquilo, eh! ¡Que todavía estoy bajo los efectos de la juerga de anoche! ¡Uf, qué resaca! Además, si yo soy el que pilota el barco, éste tendrá que seguir mi ritmo, ¿entendido?

—Pero... ¡si vamos más lentos que un limaco! ¡Tenemos que ir más rápido si queremos estar mañana en Rotterdam!

—¡Bueno, cállate ya! ¡Deja de meterme prisas! ¡Me tienes harto! —y dicho esto, Gordon abrió una lata de cerveza y empezó a echar largos tragos.

—¡Um...! Para la resaca de la víspera, nada mejor que una cerveza.

A Rusika no le cayó nada bien aquel tipo grandullón y borrachín. A medida que proseguía la discusión, cada vez veía más claro que con aquel elemento jamás llegarían a su hora, y Rusika tampoco tenía tiempo que perder. Consciente de la brevedad de su vida, decidió «acelerar la historia tomando parte en los acontecimientos», como hubiera dicho Karuso.

¡Y ya lo creo que la aceleró! Y de la única forma en que sabía hacerlo: dando picotazos por todas partes en el cuerpo de aquel engreído aficionado a la cerveza.

De repente, la barcaza tomó una velocidad inusitada.

—¿Qué le pasa ahora a ese maldito Gordon? ¿Por qué vamos tan rápido? —se preguntaban los demás tripulantes.

—¡Ni yo mismo sé lo que me pasa! ¡Estoy de mal humor, eso es todo! ¡Quiero llegar cuanto antes a Le Havre! —respondía Gordon mientras se rascaba por todas partes, presa de una gran desazón.

Al cabo de unas horas llegaron a su destino, pero Rusika tuvo que pagar un caro precio por su iniciativa: seguir con aquel engreído bebedor de cerveza.

En cuanto tomaron tierra, Rusika comprobó que aquel bocazas no parecía dirigirse a Rusia... ¡sino a la más cercana taberna!

10 Se armó la bronca

La taberna se llamaba Stevenson. Al menos, eso ponía en la imagen de un pirata de madera que colgaba al lado de la puerta. Caía la tarde, y el viento mecía suavemente la imagen de un lado para otro.

Gordon, nada más atracar, se dirigió allí llevando consigo a Rusika. La pulga miraba espantada a su alrededor, consciente de que iba desviándose de su objetivo.

La taberna era oscura y bastante pequeña. Grandes barricas de madera estaban colocadas en el suelo. Los clientes las utilizaban como mesas y dejaban encima sus vasos y jarras de cerveza espumosa.

—¡Buenas tardes, Gordon! —masculló el viejo y calvo ex marinero que hacía las veces de tabernero—. ¿Hoy habéis atracado? ¡Hace ya días que no se te veía por aquí!

—¡Pues sí...! ¡Anda, dame una gran jarra de cerveza, que me estoy muriendo de sed! ¡Y no me hagas muchas preguntas, que no estoy para bromas!

Rusika, por lo que pudiera pasar, se escondió lo mejor que pudo buscando la oscuridad de la axila de Gordon. Éste parecía muy crispado. No devolvía los saludos de los demás y hundía la mirada en la dorada cerveza...

—¡Gordon, por fin te he encontrado! —oyó Rusika desde su escondite—. ¡Esta vez no te escaparás, bribón!

Como la situación se ponía tensa,

Rusika salió a la luz. Ella creía que ante cualquier peligro o desgracia, es mucho mejor dar la cara que esconderla.

El que se había sentado enfrente de Gordon era un joven alto y musculoso. Cruzó los brazos sobre la mesa y se quedó mirando a Gordon como si fuera una pantalla de televisión. ¿Era por interés hacia Gordon o en ademán de amenaza?

Mientras Rusika reflexionaba sobre aquellas cuestiones psicológicas, comprobó que el resto de los clientes los habían ido rodeando con disimulo.

«¡Vaya por Dios, Rusika! ¡Creo que vas a encontrarte en apuros!», pensó la pulga bailarina, que ya había aprendido a sentir el peligro como el perro de caza huele la liebre.

En este caso, sin embargo, sus aprensiones nada tenían que ver con la realidad, porque vio con horror cómo dos

gruesos dedos se dirigían directamente hacia ella.

—¡Una pulga en un viejo búfalo! —exclamó ruidosamente aquel tipo, enseñando su hallazgo a todos los demás.

El hallazgo, naturalmente, era la pequeña Rusika.

La algarada fue terrible. Las carcajadas desencajaban aquellas bocas de dientes sucios y aliento apestoso:

—¡Ja! ¡Ja! ¡Ja! ¡La pulga de Gordon! ¡Ja! ¡Ja! ¡Ja!

Rusika se ahogaba entre aquellos fuertes dedos.

«¡Se acabó, Rusika! ¡Hasta aquí hemos llegado!», pensó la pobre en un momento de lucidez.

—¡Si no me pagas las deudas, tendrás el mismo final que esta pulga, canalla!

Y aquel camorrista abrió sus dedos, dejando caer a Rusika en la jarra de cerveza de Gordon.

Sin aliento, flotando en aquel líquido espumoso, Rusika cerró instintivamente los ojos, como se hace cuando se siente la muerte muy cerca...

Pero no.

Aquel día, la pulguita se dio cuenta de que en esta vida el azar tiene más importancia de lo que parece. Contra todo lo previsto, la reacción de Gordon fue inmediata: cogió la jarra de cerveza y, sin mediar palabra, la vació encima de la cabeza de su rival.

Se armó un gran jaleo: patadas, puñetazos, maldiciones, tortazos y gritos se sucedieron entre ambos hasta que el tabernero y los demás consiguieron apartarlos.

Si bien Gordon y el fogoso joven quedaron magullados y resentidos, nunca llegaron a saber que alguien había salido beneficiado con aquella bronca. Rusika quedó atrapada en el botón de la camisa del joven pendenciero, empapada de cerveza, pero milagrosamente viva.

Cuando las cosas se calmaron y pudo hacerse cargo de la situación, Rusika tuvo que reconocer que era un bicho con suerte.

«¡Ánimo, Rusika! ¡Está visto que no has nacido para morir antes de tiempo!», se dijo a sí misma, mientras ejecutaba unos pasos de baile para sacudirse la cerveza de encima.

11 Embutidos Zurichupetreck

Y a partir de aquel momento, el destino de Rusika quedó unido al de los embutidos ZURICHUPETRECK.

El joven que se había enfrentado a Gordon era el chófer de la camioneta en la que artísticamente estaban escritas las palabras EMBUTIDOS ZURICHUPETRECK. Por tanto, el porvenir de Rusika se veía unido a aquellos embutidos. Como lo expresaba un cerdito rosa y simpático dibujado en la camioneta, eran los más selectos, famosos y ricos de toda Europa:

EMBUTIDOS ZURICHUPETRECK

LOS MEJORES

LOS MÁS FAMOSOS

LOS MÁS... UM... UM...

EUROPEOS

Pero, de todas formas, no fue aquello lo que llamó la atención de Rusika, sino el teléfono y el nombre de la ciudad que estaban inscritos debajo. Un nombre de ciudad que la inundó de alegría: ¡Rotterdam!

—¡Vivan los embutidos Zurichupetreck! ¡Viva Rotterdam! Y... ¡viva yo! —gritó Rusika sin poder controlar su alegría.

La camioneta iba rápida por la autopista. Rusika no se atrevía a moverse del agujerito del botón de la camisa, pero se daba perfecta cuenta del lamentable estado de su compañero de viaje.

Tenía vendada la cabeza, un esparadrapo en la cara, y la nariz más roja que un pimiento. Además, no parecía estar de muy buen humor, porque de cuando en cuando soltaba una maldición mientras pisaba el acelerador.

—¡Diablos! ¡Lo único que me faltaba era llegar tarde a Rotterdam! ¡Pues sí que tiene fuerza ese Gordon! ¡Me ha dejado hecho un cuadro! ¡Bueno, yo también le he pegado a gusto! ¡Qué demonios! ¡Y lo volveré a hacer si no me paga el dinero que le gané a las cartas!

Rusika estaba cansada. Muy cansada. El bamboleo de la camioneta y el recuerdo de las emociones vividas le produjeron una gran somnolencia. Pero la camisa no era un lugar muy seguro para reposar. Aunque era más arriesgado, decidió investigar dentro de ella y, tras recorrer sinuosos y oscuros caminos, llegó a la piel tibia y acogedora del chófer. Siguió dando saltitos en busca de algún lugar adecuado, como el montañero que va en busca de algún refugio. Y cuando encontró una pequeña cueva, se instaló en ella.

«¡Me quedaré aquí y que la suerte me proteja!», se dijo, y con los ojillos cerrados se dispuso a conciliar el sueño. Estaba extenuada y no se imaginaba que se encontraba en el ombligo del chófer.

12 Ven a mis brazos y descansa

AL poco rato, llegó a sus oídos el eco de una cancioncilla, una melodía dulce y melancólica. La voz parecía de cristal. ¿De dónde provenía? Aquella música no era para bailar, sino de las que uno debe escuchar atentamente y te atraviesan el corazón.

Rusika se dirigió como hipnotizada hasta el lugar de donde le llegaba la canción. Llevada por una fuerza invisible, abandonó el tibio ombligo.

—¡Oh, una sirenita! —exclamó la pulga viajera al descubrir el origen de aquella fina voz.

—¡Por fin me has descubierto! ¡Hacía tiempo que te estaba llamando!

Quien hablaba a Rusika era una pequeña sirenita que estaba tatuada en el velludo pecho del joven.

—¿Llamándome? —la pulguita estaba asombrada.

—¡Sí! En realidad, mi canción es una llamada desesperada. ¡Me resulta tan triste no poder moverme de aquí!

—¡Perdona, sirenita! La verdad es que hasta ahora no he sido capaz de darme cuenta de nada... ¡Si supieras las peripecias que he tenido que pasar!

—¡Me lo imagino! ¡Si yo te contara...!

—¿Y qué haces tatuada en el pecho de este hombre?

—Esperar. Estar aquí y esperar, es mi sino.

—¿Esperar? ¿Y qué es lo que esperas?

—Espero la oportunidad de volver a mi reino, de volver al agua. ¡Si al menos a este hombre se le ocurriera ducharse!

Rusika estaba aturdida. No comprendía nada, y la sirenita, adivinando su estupor, quiso aclararle un poco las cosas:

—Mira, hay tatuajes que son imborrables y otros, como yo, a los que les es fácil desaparecer. ¿Entiendes? Pero para ello necesitamos algo imprescindible: ¡el agua! El agua del mar, de cualquier río, de no importa qué lago o fuente. ¡O el agua de la ducha, es igual! ¡Si este chico se duchara, podría encontrarme libre de nuevo!

—Pero ¿dónde vivís las sirenas? —preguntó Rusika deseosa de ir aclarando ideas.

—En el reino de la fantasía. Las sirenas no somos tan reales como tú, pero también existimos.

Todo aquello era demasiado difícil para una pulga. No ser real y a la vez existir: ¿qué quería decir con eso?

Rusika no era una pulga que se quedara callada ante lo incomprensible y siguió preguntando:

—Pero, ¿cómo es posible eso?

—Quiero decir que existimos en la mente de las personas. Aparte de las cosas que se pueden ver y tocar, también hay otras muchas cosas, ¿no es verdad? Por ejemplo, la esperanza. ¿Se puede ver la esperanza?

—No...

—¿Podemos tocar la esperanza?

—No...

—Y sin embargo existe, ¿no?

—¡Pues es verdad!

Rusika seguía con mucha atención la lección filosófica de la sirena, porque ella también sabía mucho de esperanzas y desesperanzas...

—Así pues, cuando la gente nos imagina o nos dibuja, nosotras también existimos —siguió explicando la sirenita tatuada—. Pero las palabras y las imágenes son como trampas, quedamos atrapadas en ellas.

—¿Y qué puedo hacer yo por ti, sirenita?

—¡Oh, querida! Te agradezco tu bondad, pero ya haces bastante acompañándome en este largo y penoso viaje... ¡Cuéntame tu vida, Rusika! ¡Escuchando tu historia, se distraerá mi corazón y olvidaré por un momento mi triste destino!

Y Rusika le contó con todo detalle las aventuras de aquellos días: los consejos que recibió de sus padres, la ayuda del buen Karuso, lo del viajero sin dinero, los incidentes con *Madame* y su hijo Michel, el ataque de risa de la vieja pulga, el salto mortal que le llevó al piloto borrachín, la bronca que se montó en la taberna Stevenson y su deseo de llegar a Rusia y convertirse en una famosa bailarina. Es decir, le contó todo.

—¡Tu historia es increíble, Rusika! —le dijo la sirenita—. Pero ya veo que estás agotada, ¡pobrecita! ¡Ven a mis brazos y descansa de tantas aventuras!

Y diciendo esto, la sirenita cautiva empezó a canturrearle una nana con ternura:

Ttun kurrun kuttun ku
Ttun kurrun kurruna...

13 Kloe, la domadora de pulgas

Rusika durmió hasta muy tarde. De repente, la suave voz de la sirena la despertó:

—¡Rusika, despierta, querida! ¡Estamos llegando a Rotterdam!

Por un momento, la pulga sintió deseos de seguir durmiendo eternamente, ya que el futuro le inspiraba cierto temor. ¿Qué haría en Rotterdam? ¿Adónde dirigirse si no tenía ni idea de cómo llegar a Rusia?

La camioneta de los embutidos Zurichupetreck se paró súbitamente. ¿Estarían ya en Rotterdam? No. Se encontraban en una de las áreas de servicio de la autopista. Seguramente, el chófer quería lavarse un poco y reponer fuerzas antes de llegar a Rotterdam. Y así fue, en efecto. El joven se refrescó la cara y se lavó las manos. Después se dirigió a una amplia y luminosa cafetería. Parecía tener calor, porque se desabotonó la camisa, dejando así al descubierto a Rusika y a la sirenita. Pidió una hamburguesa y una jarra de cerveza sin darse cuenta de que una niña a su lado no le quitaba la vista de encima.

—¿Qué pasa? —preguntó el joven.

—¡Mire! —y Rusika se encontró atrapada entre los dos dedos de la niña.

—¡Anda! ¡Y yo sin darme cuenta!

—Si no le importa, me gustaría quedarme con la pulga.

—¡Ja! ¡Ja! ¡Ja! ¿Y qué vas a hacer con ese asqueroso parásito?

Rusika, angustiada, se hacía la misma pregunta.

—Soy domadora de pulgas. Tengo un montón y les enseño a bailar...

Y al mismo tiempo que decía esto, la chiquilla sacó una cajita de cristal y metió a Rusika dentro. Desde allí, Rusika podía ver la melancólica sonrisa de la sirenita, la cara estupefacta del chófer y la mirada atenta de la niña. Las palabras, en cambio, le llegaban con dificultad, como de muy lejos...

—¿Ve usted ese camión? —la niña señalaba un vehículo largo y pesado que estaba aparcado cerca—. Pues es de mis padres. Trabajan en un circo, el circo ruso. ¿Lo conoce?

Rusika no pudo escuchar más. ¡El circo ruso! ¿Había entendido bien? Empezó a saltar como loca de alegría dentro de la caja. ¡Un circo! ¡Y además, ruso! Eso quería decir que, finalmente, había encontrado el medio más adecuado, el más rápido, de alcanzar su objetivo. Además, la niña no tenía mala pinta. ¡Domadora de pulgas! ¡Muy bien! ¡Aquella niña podía ser su representante!

—Hemos estado en muchos sitios, hemos hecho miles de representaciones y ahora volvemos a casa —siguió diciendo la pequeña—. En el circo tenemos muchos animales y fieras, pero todos ellos son demasiado grandes para mí. No puedo jugar con ellos. En cambio, con las pulgas me arreglo muy bien. Todos los días las dejo que anden libres por mis brazos... ¡Hasta ahora, ninguna se ha escapado!...

—¡Así que domadora de pulgas! —el joven se echó a reír.

En aquel momento llamaron a la niña desde una mesa.

—¡Kloe! ¿Qué haces? ¡Ven inmediatamente aquí!

Y la niña dio las gracias al chófer y se fue corriendo hacia allá.

La pulga, desde su nueva casa, observaba la alegría de su amiga, la sirenita, al despedirse de ella. Y aunque no comprendía muy bien adónde iba y qué era lo que pasaba, aquella sonrisa le dio seguridad y confianza en el futuro.

14 La hora de la verdad

A Rusika le parecieron muy extraños los componentes del circo ruso que estaban sentados alrededor de aquella mesa. Formaban un grupo llamativo y bullicioso, ofreciéndose unos y otros comida, hablando alto, bebiendo cerveza, en un ambiente animado...

—¿Qué estabas haciendo, Kloe? ¡Siéntate con nosotros y almuerza! ¡Tenemos aún un largo camino! —le dijo una señora que llevaba unos largos pendientes.

—¿Qué llevas en la mano? —le preguntó un hombrón negro y calvo mien-

tras le ofrecía un sitio a su lado—. ¿Quizá una nueva pulga?

—¡Sí! Me la ha dado aquel hombre.

Y la niña dejó encima de la mesa la cajita, convirtiendo a Rusika en el centro de todas las miradas.

—¡Oh, qué pequeña y morenita es! ¿Y por qué no se mueve?

Dos enanos se movían alrededor de la mesa para observar de cerca a Rusika.

—¡Me parece que ésta te va a costar mucho trabajo, Kloe! ¡Ni tan siquiera se mueve! —siguieron diciendo los enanos.

Tenían razón aquellos dos caballeros. A Rusika no le parecía oportuno hacer ningún tipo de movimiento hasta hacerse cargo de la situación. Miraba con aprensión a aquellos raros seres, de diferentes razas, de rostros extraños y ropas extravagantes.

—¿Serán así los rusos? —pensaba la pulga desconcertada.

—¡Ahora la voy a sacar! —dijo Kloe.

—¡No, por favor! ¡Quita de la mesa esa porquería! —gritó una mujer ya madura, mientras se abanicaba frenéticamente—. ¡Mi perro Brox no soporta las pulgas!

—Kloe, mejor sería que practicaras un poco más en el trapecio y no perdieras el tiempo con esos bichajos... —masculló un hombre fornido que iba vestido como un pirata.

—¡Mamá, déjame, por favor, las pinzas que utilizas para depilarte las cejas! —Kloe se había dirigido a la mujer de largos pendientes. La señora abrió un inmenso bolso que tenía a su lado, buscó un buen rato y le ofreció a Kloe un objeto que a Rusika le dio miedo.

Kloe abrió la cajita y, con la ayuda de aquellas pinzas, dejó a la pulga sobre la mesa.

Rusika, instintivamente, se dio cuenta de que la hora de la verdad había llegado para ella. Que era la hora de lucir sus habilidades, de probar que era una bailarina nata, y todo ello ante un público muy exigente.

—¡Una, dos, y... allá voy!

Y Rusika empezó a bailar. Ni muy rápido ni muy lento, sin alardes pero sin timidez, se dejó llevar por su inspiración y lo hizo de la forma más artística que pudo.

—¡Pero si es maravillosa!

—¡No he visto en mi vida una cosa igual!

—¡Bravo! ¡Bravo!

—¡Es una artista! ¡Una artista de verdad!

Ninguna pulga en el mundo conoció jamás el apoteósico éxito que tuvo Rusika aquel día. Aplausos y más aplausos. Toda la cafetería parecía venirse abajo con aquellas ovaciones.

Por su parte, Rusika sentía una especie de borrachera ante la reacción de aquel público. El placer del éxito le era desconocido, y las lágrimas asomaron a sus ojos al recordar todas las penalidades sufridas antes de aquel momento.

—¡Aunque nunca llegue a Rusia, este momento lo justifica todo! ¡Ha merecido la pena vivir! —se dijo a sí misma emocionada.

Y es que Rusika, que no era tonta, se había dado cuenta de una gran verdad: que es más importante y divertido vivir tras una meta que alcanzarla.

De esta forma, Rusika formó parte de aquel circo y llegó a convertirse en lo que siempre había soñado: ¡la famosa pulga bailarina RUSIKA PULGOVA!

ÍNDICE

EL BARCO DE VAPOR

SERIE AZUL (a partir de 7 años)